nocturne in E

Impressum

nocturne in E

Reiner Kunze · Gedichte
Andreas Felger · Aquarelle
Textauswahl und Geleitwort · Oliver Kohler, Mainz
Buchgestaltung · Sabine Golde + Otto Reitsperger, Leipzig
Reproduktion · Digital Design Borgers, Hünstetten-Wallrabenstein
Druck · Grafische Werkstätte der Gustav Werner Stiftung, Reutlingen
Buchbindearbeiten · Realwerk G. Lachenmaier, Reutlingen

ISBN 3-87630-517-9
Präsenz Verlag · Gnadenthal · 65597 Hünfelden · 2001

nocturne in E

Reiner Kunze • Gedichte

Andreas Felger • Aquarelle

Präsenz

Inhalt

Oliver Kohler

„Du Fremde: Musik"

Ohne Musik wäre ihrer beider Kunst eine andere. Der Poet und der Maler schaffen als Hörende. Vor ihnen das weiße Blatt, in den Händen das Schreibwerkzeug oder der Pinsel – und weit geöffnet das Ohr. Sie sind ganz bei ihrer Sache und erfahren sich doch in einem Boot, das ein anderer Strom trägt. Musik ist eine der großen Inspirationen beider Künstler. Ihre Wege und Wirkungen aber können ganz unterschiedlich sein. „Kaum eine Musik macht mir so schmerzlich bewußt, daß wir vergänglich sind, wie die Musik Chopins. Das Absolute an ihr ... wirft diesen Schmerz als Schatten", notiert Reiner Kunze in sein Tagebuch „Am Sonnenhang". Die Binnenflächen vieler Werke von Andreas Felger sind von feinsten Pinselschraffuren percussiv überzogen.

Im Zeichen musikalischer Inspirationen entsteht Nähe. Sie hat dieses Buch ermöglicht. Ein Zeitschnitt durch Reiner Kunzes Lyrik vom Frühwerk bis zu den jüngsten Veröffentlichungen stehen Aquarelle Andreas Felgers aus den Jahren 1996 bis 2000 gegenüber. Dichterische Leitmotive in Verwandlungen begegnen einer variantenreichen Bildgruppe. Sie begegnen sich, nicht weniger, aber auch nicht mehr. Illustratives Arbeiten entlang der Werke des anderen ist ihnen fern. Ein Dialog im Klangraum ereignet sich auf diesen Seiten: frei, offen und darin voller faszinierender Übergänge.

Ein Geheimnis ist um die Musik. Künstler, die davon wissen, betreten diesen innersten Kreis nicht. Solche Sensibilität dankt Musik mit ihrem Echo:

> „Wenn Schrift erlischt und selbst die Bilder schwinden
> In unsrem düsteren Gewaltenkrieg –
> Du wirst bis ganz zuletzt dich zu mir halten,
> Du Unverlierbar – Eine mir, Musik."
> (Albrecht Goes)

Viele Versuche der Literatur und Malerei, sich der Musik zu nähern, blieben vordergründig oder illustrativ. Anders bei Rainer Maria Rilke:

> „Musik: Atem der Statuen. Vielleicht:
> Stille der Bilder. Du Sprache wo Sprachen

enden. Du Zeit,
die senkrecht steht auf der Richtung
vergehender Herzen.

Gefühle zu wem? O du der Gefühle
Wandlung in was? –: in hörbare Landschaft.
Du Fremde: Musik. ..."

Reiner Kunze schöpft seine nuancenreichen Texte im Wissen um jene Sphäre, „wo Sprachen enden". Andreas Felger arbeitet an der Metamorphose von Wirklichkeiten „in hörbare Landschaft".

Auch der Raum zwischen den Tönen ist für beide sinnstiftend. Die Aquarelle kennen vom Farbauftrag ausgesparte Flächen. Mancher Vers kommt erst zu sich, indem er in das unbeschriebene Umfeld ausschwingt. Beide Künstler lassen in ihren Arbeiten Stille zu: „ ... in der astgabel der eibe / brütet die amsel unhörbar gesang aus." Die Unterbrechung eigener Aktivität wird zur Chance. In der Pause verzichtet der Mensch für Augenblicke auf sich selbst. Das Fragment wird zu einer für das Wesentliche geöffneten Form.

Oft vermitteln Reiner Kunzes Texte zur Musik Entdeckerfreude. „Zwischen zwei und drei Uhr morgens im Radio erstmals Richard Wagners Sinfonie C – dur gehört." Zeitschleusen öffnen sich „dem allegro, das durch jahrhunderte kommt". Kompositionen sind für ihn Tore in andere Epochen. Über eine Messe von Antoine Brumel notiert er: „Das Werk ist ein langes hohes spätgotisches Gewölbe aus Tönen." Immer wieder spannt er seine Reflexionsbögen über einzelne Werke, die Messen Mozarts etwa. Seine Deutungen gelten der Gestalt und dem Gehalt. Von Bach's „Allein Gott in der Höh' sei Ehr" empfindet er: „Dieser Orgelchoral ... ist ein Äußerstes an Musik gewordener, in Geborgenheit gewendeter Vereinsamung."

Kunzes Poesie gewinnt ihr Maß am Menschen. Er trennt das Werk nicht von dem es Hervorbringenden. Gerade in der Abstraktion vom Humanen verrät sich ja die von ihm so verabscheute Diktatur. Er beschreibt nicht die Musik an sich. Ihn interessiert auch der vielschichtige Prozeß ihrer Entstehung: „Komm, mit dem cello die *Suitte* zu erschaffen". So entstehen Portraits von Musikern, deren Originalität wie immer bei diesem Autor auch in der unverwechselbar einmaligen Situation liegt. Zu dessen letztem Mozart-Abend findet er für das Spiel Horowitz' das wunderbare Sprachbild „mit einem fingerschweben".

Kunze weiß um „das Verzweifelte, was an Vergleichungen, Annäherungen zwischen Gedicht und Musik liegt" (Karl Krolow). Seine Gedichte vermeiden die Übertragung musikalischer Prinzipien in Sprache. Der Autor bleibt bei seinem „ABC" und seinem Formkanon vom fabelartigen Dialog der Tiere bis zu den stelenartigen Verdichtungen der letzten Jahre. Seine Poesie findet und erfindet Wirklichkeit, und diese ist eine musikalische. Landschaft wird zum Instrument: „Der wind zieht die wirbel an". Der Mensch selbst gewinnt Klarheit, wenn er sich von Musik aus versteht – „ ... damit wir / die a – saite in uns / stimmen ...". Große Kunst entsteht auch an ihrem Gegenüber: „Ohne Anna Magdalena / kein Notenbüchlein."

Die Grenzen zwischen Musik und Poesie achtend, erlebt der Dichter doch die Nähe beider im schöpferischen Prozeß. Seinem Tagebuch vertraut er Gedanken von Richard Strauss an: „Das Motiv ist die Sache der Eingebung... In der Entfaltung des Einfalles aber zeigt sich erst die wahre Kunst... Melodien bauen ist eines der schwersten technischen Probleme. Ich lasse sie abliegen und warte, bis die Fantasie bereit ist, mir weiter zu dienen. Das kann lange dauern, sehr lange." Lakonisch setzt Reiner Kunze darunter: „Immer wieder fragen Menschen, wie ein Gedicht entsteht. So, würde ich sagen, genau so wie eine Melodie." Weiß die Musik noch etwas von ihren Geburtswehen? Verschließt ein gelungenes Gedicht nicht alle Mühen in sich selbst?

Töne fliegen auf, formen sich zu luftigen Gebilden und versinken wieder. Die Schwerelosigkeit des Klanges findet sich in den Aquarellen von Andreas Felger. Die Anziehungskraft scheint zu pausieren. Die Tonpartikel lösen sich aus der Erdenschwere. Wunderbare Sinnbilder für Musik entstehen. Sie ist ein Schöpfungsgeschehen. Nie zuvor Hörbares ist auf einmal da und nimmt den Lauschenden mit in ein Neuland. Die Leichtigkeit der kleinen Farbfelder erinnert an Blätter, vom Wind in immer neue Zusammenklänge gewirbelt. Wer sie festhalten will, vergreift sich. Daran erinnert der Maler mit einer Sanduhr.

Sie gehört zu seiner immer stärker verknappten und konzentrierten Symbolsprache. Das Auge verkörpert darin den Menschen in seiner Personalität und die Präsenz des Ewigen. Geometrische Urformen begreift der Maler als Verkörperung von Grundwirklichkeiten: im Rechteck Sammlung und Ruhe, im Dreieck Aufbruch und Aufstieg, im Kreis Vollendung und Vollkommenheit.

Die Aquarelle verzichten auf eine Nachahmung musikalischer Assoziationen. Der Maler arbeitet elementar. Dorthin bricht er auf, wo sich Musik aus Noten formt. Ein Gerüst annähernd paralleler Linien ist auf beinahe jedem Aquarell zu entdecken. Am linken Rand des Linienweges findet sich oft ein angedeuteter Notenschlüssel. Kompositorische Zeichen und Notierungen sind mit vibrierender Hand dem Blatt eingeschrieben. Kleine Dreiecke, Rechtecke, Quadrate und Kreise verkörpern die Töne. Sie schöpfen ein ganzes Farbspektrum aus und wagen Kontrast, ja Spannung. So leuchten sie aus den allermeist aus einer Grundfarbe entwickelten Flächen hervor. Ein malerisches Gleichnis für das Geheimnis der Musik entsteht. Die Notenschrift selbst ist noch verhalten und abstrakt. Greifen aber Stimmen und Instrumente sie auf, gewinnt sie Farbe und Klang. Aus Chiffren wird Sinn, aus dem Gedanken Leben. Die obere Bildschicht ist vielfältig eingerissen und abgetragen. Darunter wird ein zweiter Malgrund sichtbar. Es ist, als stiegen die Töne aus verborgenen Quellen auf. Sie betreten ein wintergraues Feld und legen eine Spur der Hoffnung. Eine Choreographie von Freude wirbeln sie in ein helles Blau. Im Rot einer ungestillten Wunde sind sie die Lebensader. Unter der gleichzeitigen Gegenwart von Sonne und Mond entfalten sie eine kosmische Liturgie. Sie sind Elegie und Fanfare, Tanz und Fuge, Kammermusik und Symphonie.

Musik eignet ein Potential von Widerstand gegen Unterdrückung und Unmenschlichkeit. Beide Künstler verschließen sie nicht in einem Elfenbeinturm reinen Kunstgenusses. Wolf Biermanns Gesang unter der DDR-Zensur verwebt sich mit der gefahrvollen Bildhauer-Arbeit Ernst Barlachs während der nationalsozialistischen Gewaltherrschaft. Beider Mut wird zur Ermutigung. Im Spiel der

Orgel entstehen Gegenorte zur staatlichen Uniformierung. „Hier müssen sie nicht sagen, was sie nicht denken." Zu Arnold Schönbergs Komposition „Ein Überlebender aus Warschau" schuf Andreas Felger einen Zyklus von Holzschnitten. Die Opfer des Ghettos entreißt er darin dem Vergessen. Er demaskiert die Fratzen der Täter. Musik ist ein Anwalt des Humanen. Sie ruft zurück, „was in uns verlorenging / vom menschen".

Das Titelgedicht birgt den urpersönlichen Moment einer Anrede. Angesprochen ist jene im blauen Mantel, die Gefährtin auf dem kürzer werdenden Weg. Fast geflüstert kommt der Zuspruch und ist doch die Summe seines Denkens und Dichtens: „Und das nichts mußt du nicht fürchten." Wortlos willigt der Maler ein. Linienwirbel und Farbtänze sind sein Credo. Offen ist der Bildhorizont für das Leben. Genug spricht dagegen. Idyllen verglühen im Lavastrom. Der Machthunger läßt Unschuldige verhungern. Der Gründe sind viele, den Grund unter seinen Schritten zu verlieren. Wären da nicht auch sichtbare und unsichtbare Wirklichkeiten eines „Dennoch". Schon „ein tag auf dieser erde" bringt mit ihnen in Berührung. Intensiv sind sie wie des Malers Rot. Dann wieder verhalten, als reichten sie nicht mehr als „den kleinen finger uns". Töne und Klänge gehören zu ihnen, Gesang und Spiel der Instrumente. Es ist, wie Reiner Kunze einmal schreibt und Andreas Felger in seinen vielschichtigen Aquarellen andeutet: „Musik als immerwährendes Asyl".

SERENADE IM SOMMERPALAIS

1
Der gartensaal ein schwerer leuchter

Ein spalier von kerzen
dem allegro, das
durch jahrhunderte kommt

Geschlossnen auges greift
der cembalist, ein
erleuchteter

Erleuchtung bricht
aus kunst und fuge

Wir sitzen
unbewegt, als brenne auch in uns
eine kerze

2
Dann, im park,
fliegen schwarze käfer davon, geigenkästen
unterm arm, stadtein
gehn sie zu fuß (unterm mantel für kühlere abende
hängen die schwarzen flügel hervor)

Wir gehen hinterher und suchen
goldene brücken

IN DER STABKIRCHE ZU LOM

Für Barbara von Wulffen

Ihr maß ist der baum

Ein gewachsenes maß dem man
gewachsen war

Jeder pfeiler
ein maßstab der
standhielt

Glaube
gefügt gespundet verriegelt verzapft

Noch der ton der trompete
duftet nach holz

FRAGE UND ANTWORT

Den enkeln

Unser schicksal?

Vieles in uns
ist älter als wir

Unsere rechenschaft?

Mit der wahrheit haderten wir nicht,
weil wir uns irrten, sondern stets,
weil sie ist, wie sie ist

Unser rat?

Das mögliche trennen
vom unmöglichen

Unsere trauer?

Daß wir hatten sein können,
wie wir einmal waren –
                    sie hatten uns geformt
nach ihrem bild
Bis wir uns erblickten
in verbotenen spiegeln

Unsere feste?

Unter bäumen
licht und schatten miteinander teilen

Dem pianisten
ruhmeskörner streuen

Fermaten schweigen
nach den noten des weinbergs

KOMM MIT DEM CELLO

Für G. T.

Komm, mit dem cello die *Suitte* zu erschaffen
und mit der *Suitte,* was in uns verlorenging
vom menschen

Dann wirst du den bogen entspannen und sagen
Maria Barbara, damit wir
die a-saite in uns
stimmen nach ihrem namen

Wir sterblichen erben
solcher unsterblichkeiten

Komm, der fuß des weinglases
wird die seelenlupe sein

INTONIEREN

Niemand wird die entfernung hören
zwischen dem finger des orgelbauerlehrlings, der beim
    stimmen dem intonateur
die taste hält, und dem finger dessen, der sie anschlägt
im konzert

Dem lehrling ist´s kein trost daß jenem
ein anderer meister aus anderem werk sein *Weiter!* zuruft

Das tastenhalten beherrscht er
bis in die blaugefrorenen fingerspitzen, und das elfenbein
    ging ihm über
in fleisch und blut

Am abend in fremdem pfarrhausbett – das schnarchen
    des intonateurs
verstimmt die nacht – brütet der lehrling vor langeweile
den lehrbuchtitel aus:
Das orgelnegativ

SCHERZO FÜR NASHORN

Das nashorn ist
ein nashornist,
der sich nie trennt
vom instrument.

FÖHN

Der wind zieht die wirbel an

Die nerven sind verstimmt
bis ins schmerzhafte

Noch eine vierteldrehung,
und etwas in dir wird zerspringen

Und du kannst nicht hinter die bühne gehen
wie der bratschist, der eine neue saite aufzieht

IN ERLAU, WORTFÜHLIG

Wir schlafen, die wange am fluß,
an der unbeirrbarkeit des wassers

Doch immer öfter liegen wir wach,
um halt zu finden an der stille

Abseits der wörter
von den wühltischen der sprache

Vor dem haus, in der astgabel der eibe,
brütet die amsel unhörbar gesang aus,

und die glocke von Pyrawang jenseits des stroms
bucht ab von der zeit

DAS ENDE DER KUNST

Du darfst nicht, sagte die eule zum auerhahn,
du darfst nicht die sonne besingen
Die sonne ist nicht wichtig

Der auerhahn nahm
die sonne aus seinem gedicht

Du bist ein künstler,
sagte die eule zum auerhahn

Und es war schön finster

GESPRÄCH MIT DER AMSEL

Ich klopfe an bei der amsel
Sie
zuckt zusammen
Du? fragt sie

Ich sage: es ist still

Die bäume
loben die lieder der raupen, sagt sie

Ich sage: ... der raupen?
Raupen können nicht singen

Das macht nichts, sagt sie,
aber sie sind grün

WOLF BIERMANN SINGT

Im zimmer kreischt die straßenbahn,
sie kreischt von Biermanns platte,
der, als er die chansons aufnahm,
kein studio hatte

Er singt von Barlachs großer not,
die faßt uns alle an,
denn jeder kennt doch das verbot
und hört die straßenbahn

DIE KUNSTBEFLISSENEN HÄHNE VON LEININGEN

Für Heinz Piontek

Fiele dem einen
das a ein, würde er krähen
b – a – c – h

Man schätzt ihn
als meister der variation

(*Reger* ist hier nur
ein komparativ)

Der andre kräht vollendet ein motiv
aus Smetanas böhmischen tänzen

Ich lausche, beschämt von den hennen

Im spiegel des geöffneten fensters
picken sie vom schreibtisch mir

das wurmige

ERMUTIGUNG NACH 200 JAHREN

Auf dem heimweg von einem orgelkonzert

Zu füßen gottes, wenn
gott füße hat,

zu füßen gottes sitzt
Bach,
        nicht
der magistrat von Leipzig

JUNGER INTERPRET

Zwischen den tasten wuchsen ihm veilchen
und er trennte sich von ihr

So streng feilt er am lauf seiner finger
wie an einem schlüssel

Einmal aber wird er nicht weiterwissen
obwohl er die noten weiß und nichts ihn ablenkt
                    nicht einmal
ein duft

Er wird zu ahnen beginnen
daß der schlüssel zu letzter einfachheit
unendliche nähe ist

Ohne Anna Magdalena
kein Notenbüchlein

WIE YO YO MA MIT DEM CELLO
BIS ZUR ANKUNFT DER PANNENHILFE
AUF DER AUTOBAHN DIE ZEIT NUTZTE

Auf dem seitenstreifen
übte für den abend er
Haydn

Niemanden störend
und ungestört,
denn zu Haydns zeiten
gab es keine autobahn

Der flügel, die kühlerhaube geöffnet,
dampfte

EINLADUNG, MOZART ZU HÖREN

Es regnet

Die Donau zieht im tal
und am himmel hin

Am himmel nur fehlen die schiffe

Unten halten sie den fahrplan ein
für ein paar durstige

Der regen sinkt in die seelen

Laß uns die angel auswerfen
nach oben

VLADIMIR HOROWITZ SPIELT IN WIEN ZUM LETZTEN MAL MOZART

Er war ihm näher schon als uns
und war gekommen, ihm zurückzugeben,
was er von ihm geliehn fürs leben,
und spielte es hinüber in die stille ihm
mit einem fingerschweben

Bis uns die handgelenke schmerzten,
warfen wir am ende ihm
vom diesseits zu

NOCTURNE IN E

Bei meinem weißen haar
und beim weiß in deinem:

Die zeit ist schon zu kurz,
den mut zu verlieren

Und das nichts mußt du nicht fürchten

Und bis dahin
reicht den kleinen finger uns
Chopin

DVOŘÁK IN BÖHMEN

Zurückgerufen auf die bühne,
sagte der bratschist:
Antonín Dvořák, kvarteto d-moll opus třicet čtyři

Da spürte ich plötzlich:
du bist in einem fremden land
du bist in der fremde

Doch nur
zwei wörter lang

LAWRENCE FOSTER DIRIGIERT

London, Royal Festival Hall

Mit daumen und zeigefinger der linken
zeigt er das öhr, durch das
der ton hindurch muß

Stich für stich
näht er mit dem taktstock
Schostakowitschs erste sinfonie – das presto des finales
ein nadelblitzen

NACH EINEM CEMBALOKONZERT

Im gehör
feingesponnenes silber, das mit der zeit
schwarz werden wird

Eines tages aber wird die seele
an schütterer stelle
nicht reißen

Quellen

SERENADE IM SOMMERPALAIS (1967)
aus: Sensible wege
IN DER STABKIRCHE ZU LOM (1981)
aus: Auf eigene hoffnung
FRAGE UND ANTWORT (1997)
aus: Ein tag auf dieser erde
KOMM MIT DEM CELLO (1996)
aus: Ein tag auf dieser erde
INTONIEREN (1980)
aus: Auf eigene hoffnung
SCHERZO FÜR NASHORN (1992)
aus: Am Sonnenhang
FÖHN (1985)
aus: Eines jeden einziges leben
IN ERLAU, WORTFÜHLIG (1996)
aus: Ein tag auf dieser erde
DAS ENDE DER KUNST (1960)
aus: Sensible wege und frühe gedichte
GESPRÄCH MIT DER AMSEL (1962)
aus: Sensible wege und frühe gedichte
WOLF BIERMANN SINGT (1971)
aus: Zimmerlautstärke
DIE KUNSTBEFLISSENEN HÄHNE VON LEININGEN (1971)
aus: Zimmerlautstärke
ERMUTIGUNG NACH 200 JAHREN (1973)
aus: Auf eigene hoffnung
JUNGER INTERPRET (1980)
aus: Auf eigene hoffnung
WIE YO YO MA MIT DEM CELLO
BIS ZUR ANKUNFT DER PANNENHILFE
AUF DER AUTOBAHN DIE ZEIT NUTZTE (1997)
aus: Ein tag auf dieser erde
EINLADUNG, MOZART ZU HÖREN (1978/79)
aus: Auf eigene hoffnung
VLADIMIR HOROWITZ SPIELT IN WIEN
ZUM LETZTEN MAL MOZART (1997)
aus: Ein tag auf dieser erde
NOCTURNE IN E. (1995)
aus: Ein tag auf dieser erde
DVOŘÁK IN BÖHMEN (1961)
aus: Sensible wege und frühe gedichte
LAWRENCE FOSTER DIRIGIERT (1978)
aus: Auf eigene hoffnung
NACH EINEM CEMBALOKONZERT (1984)
aus: Eines jeden einziges leben